僕らは、
抱き合いながらすれ違う

Payao

ポエムピース

ねぇ知ってる？

人類が天国を創った理由

綿飴みたいな雲の上に
不自然な発光源を見つけたからでしょ？

違うよ

蒸発しない水溜りと
鏡の世界を動く人影を見つけたから？

違うよ

じゃあなに？

大好きな人が死んだからだよ。

そういえば、
風の強い日が好きだった

永遠にのぼる雲
無限につづく向日葵

届かないモノを
追いかけられるほど

心がありあまっていたのに

接続詞がもどかしい
余白のなかに帰りたい

大勢の人に囲まれても
心は宇宙でひとりきり

やっと大人になれたのに
やっぱり生き直したいなんて

そんなの、絶対
寂しくないですか

夕焼けを見つめると
忘れものした気になる

素足のかけっこ
橙を横切るカラスの群れ
遠くで呻る汽笛

春の風をただ感じていれば
目標なんてなくても幸せだった

いつからこんなに
愛されているのに
愛されたくて

隠した日記の中にしか
伝えたい言葉が言えなくなって

消えてしまいたいと
ベッドの中で泣きながら

それでも同じ夢を見る

それも　きっと
まともな大人だよ

夏は言葉を
もたないから

それぞれの眼差しが
それぞれの夏を綴る

太陽に焦がれた
向日葵のように

心に君が刺さったまま
季節は私を跨いでいく

人生を生きたかったよ
君と

いつか、ちゃんと
枯れ果てるまで

一人で閉じた世界は優しいね
でも、何ひとつ気づけなかった

痛みを伴う美しさに
命の奥の恥ずかしさに

午後の公園
枯れた紫陽花

誰もいない景色が美しいのに
私はここにいてしまう

ひとつひとつ世界を覚えて
あらゆる選択肢を考慮して

どうして、今
君の手しかダメなんだろう

闇雲に代わりの言葉を探す
愛しさに代わる言葉
サヨナラに代わる言葉

そっと肩に寄り添った
君の影に代わる
言葉

思い出はいつも笑っていて、
僕だって、そこにいた

「この空き地、次は何が建つのかな」
君は呟いた

些細なことばかり
なぜか思い出す

お揃いのパジャマ
時間通りに来ないバス
咲かなかったサボテン

綿毛の様に
柔らかだった記憶は

季節を跨いで
棘に変わり
乾いた現実に
チクチク刺さった

君は無理して笑ってた
僕もそんなのわかってた

見えないものを
追い求めるから
抱き合いながらすれ違う

もういない君に
伝えたいことが増えるたび
小さな棘がチクチク刺さる、

刺さるんだ。

ねぇ、そう言えばね、

「あの空き地には、マンションが建ったよ」

静かな海に浮かぶ貨物船を
日が暮れるまで眺めていた

背を向ける君はなぜか
世界の裏側にいるようで

人を好きになるって怖いね

目が合う心強さには
目を逸らす臆病さも含まれていて

取り合った手の温かさは
ちゃんと別々の身体だからで

そして
いつか必ず訪れる
お別れの日

愛されないことよりも
愛することすら
できなくなること

生きることは肌寒いから
全身で夏が好きでした

蝉時雨　息を止め　苔塗れ
僅かなものを残そうと
微かな命が響き合う

神様は匿名希望で
憧れは僕らを孤独にさせた

特別じゃなくて、ごめんね
それでも心の声に応えたい

頷いた心と
少年は駆けていく
諦めるより美しいものへ

僕らは最後の一行に
何を記そう

取り繕って出来た身体を
玉葱みたいに剥いでいけば

心臓の奥の小さな窓には
必ず微笑う君を見つける

運命的な出逢いでも
別れはきっと平凡だから

傷つけ合うなら
理由はせめて愛がいい

寂しい傷口
混ざった景色

解らないことは
解らないまま

今はただ　抱き寄せて
花をあげる

心に浮かんだ
ピンクの花を

ちゃんと大人になれましたか

今なら「さよなら」も愛せますか

夕景に足を止める
遠ざかる雲に重ねたのは

どうしてだろう
届かなかった夢

「また会える」
そう言い聞かせて

ひとひらの想いすら
伝えなかった卒業式

あんなに大好きだったのに
才能がないと決めつけて
笑って諦めたピアノ

川辺の少年が
飛んでいく風船を
泣きながら追いかけていく

手放したのは
その手

追いかけなかった私

寂しさを合図に
僕らは抱き合った

卑怯にだってなれたのに
指が触れるたび
無邪気な恋をして

でも、成りすましても
最後は互いの部屋で
「正しさ」と暮らすから

人知れず　書き並べ
額に飾ったのは

沈黙に続いた
あなたの言葉

「愛している」が
「さようなら」に

なぜか
聞こえた気がして

コーヒー一杯のジャズ
ウディ・アレンの時代

金木犀の小枝が揺れる

扉を叩くように、切実に
だけど何処にも行けなくて

限りなく人を好きになり
解釈をしては傷ついて

実ることのない涙の代わりに
宇宙に星を撒き散らした

身を焼き切るような甘い香りに
感情を持て余しては立ち止まる

謝る僕の手をとって
陽だまりへと
連れて行ってくれたらどんなにか

心の季節は
いつ過ぎていくんだろう

甘い、熱い
甘ったるい、会いたい

さよなら、会いたい
さよなら、

さよなら、金木犀

温い風に手を翳しても
感じたはずの温度は
もう決して掴めない

泣き疲れた生活で
どこの岸にも辿り着けずに
記憶だけが　未だ光を射す

あなたに向かい伸びる帯
眩む目を閉じて
逃げ込んだ夢の中

どうして人は
忘れたいのに愛せるんだろう

締め切ったこの部屋にも
微かに光が漏れ出す頃

ずっと書けない日記をせめて
嘘でも理想の暮らしで
埋めてみようかと試せば
筆の先は路頭に迷う

本気で誓ったはずなのに
平気で破いた夢のこと

強く抱きしめたはずなのに
抜け殻だった愛のこと

どこから間違えたのかと言うと
きっと最初からだったこと

もう一度だけ、会いたいこと

そんなことばかり思い浮かぶ

そんなことばかり

君とデートしたのは二回だけ
どちらも雨が降っていた
二回目は渋谷で映画を観たあと
歩いて駅まで送った

大きな出来事があった訳じゃないのに
その日の細かなことをなんだか覚えてる

気に入った台詞が同じだったことや
オリジナルの硝子のアクセサリーのこと
水溜りを避ける仕草がやたら可笑しかった

そのひとつひとつがなんだか嬉しかったんだな

「じゃあまたね」と別れたあと
見えなくなるまで
君を眺めていた

君はすぐ誰かに電話をかけて
その日一番の大きな声で笑っていた

幼い日の隠れんぼ

歩道橋の上に登って

自分を探す友達の横顔を眺める

上手に隠れすぎると

見つけてくれずに寂しいから

少し目のつく場所に隠れる

さみしんぼう

もういいかい？

もういいよ

夜の冷えた風に舌打ちをして
マンションの上
煙った夜空の下

一人　タバコに火を灯す
最近はこんな世の中だからかなぁ
お客が来ない　通知も来ない

オレはいつのまに
隠れんぼが
上手くなったんだろう

もういいよ

ねえ、

もういいよ

置かれた場所で
懸命に咲こうと
傷ついた命らが

悲しむことにすらもう飽きて
この世界から飛び降りてしまう

偽物の神様は
「あなたのため」などと
書かれた一冊で

哀しみにつけこみ
食い繋ぐ

戦争　世界　運命　DNA

生きていくことに
殺される前に

優しく瞳を閉じて
枕元で指を組み

ただ
愛し合いたい

神様のいなかった
原始時代よりずっと前から

つづけてきたこと

何度めくっても
報われない物語を　そっと閉じて
遠い日の約束に　別れを告げた

何者にもなれなくて
無価値の連続で

でもね、

収穫のない季節の中で
苦し紛れに掴んだ手は
幸運にも君だった

君が笑うと
僕は許された気がした

君と、ただ朝を迎えること。
記念じゃなくても写真を撮ること。

今此処にある幸せを
ちゃんと見つめたい。

心から、そう、思えたんだ。

「ありがとう。
でも、じゃあ、どうして？」

「どうして泣いているの？」

振り続けた手が
小さくなり　消えた

硝子越しに
手を合わす世界で

愛されることに
私達は飢えている

本当の愛なんて
知らないくせに

拗ねるほど子供じゃない
でも
諦めるほど大人じゃない

答え合わせもしなかった
想いを押し花にして

今日という日に
挟み込む

閉じ込めた順に
色褪せていく

怒ってしまうのは
悲しいからで

責めてしまうのは
謝りたかったからで

孤独の対義語もまた
孤独でした

道をつくる人は、道を外れた人

白と灰の雲は流れ
人はみな独りだと知り

懐かしい温度を求めては
逸れた手は夢の一部となって
消えていく

選ばされたと思いたい
選んで歩いたこの道を

終わりもない
達成もない

ただ交差し分岐する
人生の迷路で

あなたへとつづく
この一本道を
今日も私は歩いて行く

出口とはきっと、
心を決めること

馴染みのある
笑い声とすれ違う

人混みで探すのは
いつまで経っても
その横顔

正しい嘘も学ばないから
触れ合うたび　傷つけ合った

理想ばかり巻きつけて
繋ぎとめていた運命も

答えの出ない季節と共に
そっと　解けていく

弱いもの同士だね
傷つくのも、傷つけるのも

あの日、
まるで謝るように

君は笑った

辻堂駅から徒歩三十分
海浜公園からつづく鼠色の砂浜
腰を下ろして太陽が沈んでいくのを
時間をかけて眺めていた

ふと考える
今まで一番悲しかったことは何だったろう

受験で失敗したこと？

分かり合えたと思っていた彼女に
唐突にフラれたこと？

ペットが病気で死んでしまったこと？

今思い返せば他人事のように
「そんなこともあったなぁ」と
軽く話せてしまう

今までどんなに苦しいことがあった？
今までどんなに悲しいことがあった？

ねぇ　聞いてる？

五メートル先にいる君に声をかけても
海風が激しくて声が届かない
気付かずに君は海を眺めている

まぁいいや、

僕は君と出逢えたんだ

星のように小さな指を
ひとつずつ数えて

波のようにはしゃぐ声に
耳をそばだてた

細やかな君との時間が
手品の種を
少しずつ明かしていく

雪の中に芽吹く春
二人だけの影の揺れ方
同時に鼻をすすって笑う

泣きたいくらい美しい瞬間に
何ひとつ気づけないまま
生きてきたこと

もう、取りこぼさないように
今を、すべてを、抱きしめたい

君ごと

何もない日々を送る、
君を見つめる以外に。

芝生を歩くような
くすぐったい幸せ

ピンボケした写真に
手を叩いて笑い合う

どこにだって行けるのに
なぜかここに居たくって

きらきらして
狡くて
暖かくて
泣きそうで

白い雲が
ゆっくり
今日を
流れていく

誰以上誰未満かなんて
いつかの僕は、
「僕」を諦めかけていた。

答え合わせも出来ないまま
宇宙の隅で
埋もれた僕を
君はそっと、
見つけ出してくれたんだな。

その事実が
教えてくれる。

そう、
「君と出逢えた」
それだけで、

僕は「僕」でよかったよ

光を浴びた木々の狭間を
揺らめく花びらのように

心の隙間を縫う
あなたの優しい眼差しが

生きることを
投げ出しそうになる私を
いつも引き留めてくれる

「一緒だよ、ずっと」

もう二度と聴くことのできない
その声だけを手灯に

愛すべきこの世界を
見つめながら

私は歩いていく

「詩を書く」ということ

「言葉にならない思い」という言葉がある。溢れるような感情、言い表せない思い。その心の一部しか人は言葉にできない。やっと言葉にできたとしても、受け手の解釈のフィルターを通すことで、思いの純度はさらに薄まって伝わってしまう。つまり、言葉でつくられる詩は「言葉で思いを伝えることはできない」という逆説的な前提の上で存在している。

伝わらないことを前提に詩を書く。どうしてそんなことを続けているんだろう。思えば、詩に限らず人はどこにもたどり着けないものなのだと思う。どんなに働いても大金持ちになれないし、二十歳を過ぎると人生はとても短い。愛した人のことも、最後はわからなくなった。こんなに不確かな世界で、咲いた花は枯れ、なぞった名前を忘れ、いつか死ぬことだけが最初から決まっているなんて。

そう考えると「詩を書く」ことは「生きていく」ことへのメタファーなのだと思う。人生と同じように詩に定型はない。一文で終わってもいいし、小説のような長い文章でもかまわない。季語も意味もあってもなくてもいい。優劣も正解もない。大切なのは自分の感じたことをただ書くこと。自分だけの言葉の羅列を考えること。そうすればすぐに、人は「自分にしか書けない言葉しか書けない」のだと気づく。どんな偉人も有名人もあなたの言葉を書くことができない。それは、あなたは「あなた」しかいないという真実を映し出してくれる。

どこにも届かない日常を生きる。いや、もっと傷のような出来事。虐められたこと、朝方まで泣いたこと、ひどいことを言ってしまった夜のこと。無駄に思えた日も、やり直したい日も、誰とも違う「あなた」を作る大切な一日だった。そんな日々に名前をつけるように詩を書く。ちゃんと生きているんだと確かめるように詩を書く。いつの間にか頬は乾き、傷が模様になっていく。ずっと届かないから追い続けられる。どうせ分かり合えないから、せめて愛したくなる。言葉じゃ伝えきれないから、また僕は詩を書く。

もし人生が滞ってしまったら、生きることをやめたくなったら、ぜひ一度、詩を書いてみてください。人生の足跡のように、あなたにしか書けない言葉が並ぶはずです。そして、その続きを明日も書いてみたいと思うかもしれません。どこにもたどり着けなくても、理想の人生じゃなくても、それでも生きて進んでいれば、思いもよらぬ場所にたどり着くことだってあると思うんです。この詩集があなたに届いたように。

Payao

Payao（ぱやお）

2020年からX（旧Twitter）を中心に詩人としての活動を開始。憂いのある深遠な表現と、日常の繊細な描写が多くの共感を引き寄せ、Xのフォロワー数は2万人を超える。
また「言葉」を軸に、シンガーソングライターとしても活動。自身が作詞・作曲した代表曲「四季折々」は書道家とのコラボレーションによる芸術的なMVで注目を集めている。
X：@junkysugar

僕《ぼく》らは、抱《だ》き合《あ》いながらすれ違《ちが》う

2023年9月22日　初版第1刷

著　者　Payao
発行人　松崎義行
発　行　ポエムピース
〒166-0003
東京都杉並区高円寺南4-26-12 福丸ビル6F
TEL 03-5913-9172　FAX 03-5913-8011
http://poempiece.com/
編　集　松下郁美
装　丁　清水美和
印刷・製本　株式会社上野印刷所

ISBN978-4-908827-80-8 C0092

定価1705円（本体1550円）⑩